DISNEP FROZEN

ADAPTATION BY R. J. CREGG
TRANSLATION BY ELVIRA ORTIZ

BUZZPOP

BuzzPop

An imprint of Bonnier Publishing USA
251 Park Avenue South, New York, NY 10010

BuzzPop is a trademark of Bonnier Publishing USA, and associated
colophon is a trademark of Bonnier Publishing USA.
Manufactured in China HUH 0718
First Edition
10 9 8 7 6 5 4 3 2 1
ISBN 978-1-4998-0786-8
buzzpopbooks.com
bonnierpublishingusa.com

Era un día cálido de **verano** en Arendelle.
It was a warm **summer** day in Arendelle.

La princesa Anna observaba la coronación de su hermana Elsa como **reina**.
Princess Anna watched as her sister Elsa was crowned **queen**.

Anna estaba orgullosa, pero Elsa estaba muy **nerviosa** de que algo podría salir mal.
Anna was proud, but Elsa was very **nervous** something would go wrong.

Elsa tenía un **poder** mágico que ocultaba ante todos.
Elsa had a magical **power** that she hid from everyone.

Cuando Elsa y Anna eran niñas, Elsa usaba su magia para **crear** maravillosos paisajes invernales.
When Elsa and Anna were little girls, Elsa used her magic to **create** winter wonderlands.

Pero Elsa no podía **controlar** su magia y una vez lastimó accidentalmente a Anna.
But Elsa's magic was hard to **control**, and she accidentally hurt Anna once.

Elsa creció usando guantes para ocultar su magia para que el pueblo de
Arendelle no tuviera **miedo** de su futura reina.
As Elsa grew up, she wore gloves to hide her magic so the people of Arendelle
would not **fear** their future queen.

En la coronación de Elsa, Anna conoció al príncipe Hans e
inmediatamente se enamoró.
At Elsa's coronation, Anna met Prince Hans and **instantly** fell in love.

Anna pidió permiso a Elsa para **casarse** con él.
Anna asked for Elsa's permission to **marry** him.

Elsa no creyó que Anna pudiera estar verdaderamente **enamorada** de
alguien a quien apenas había conocido.
Elsa did not believe Anna could be truly **in love** with someone she had only
just met.

Anna trató de presionar a Elsa para obtener el **permiso** y Elsa se enojó.
Anna pushed for Elsa's **permission**, and Elsa became upset.

Elsa intentó **salir**, pero Anna jaló accidentalmente el guante de Elsa y la magia de Elsa se reveló.
As Elsa tried **to leave**, Anna accidentally pulled off Elsa's glove, and Elsa's magic was revealed.

Elsa tuvo miedo de que podría **herir** a alguien y huyó.
Elsa was afraid that she would **hurt** someone, so she ran away.

Su magia desató una tormenta que cubrió a Arendelle de nieve y hielo como si fuera **invierno**.
Her magic unleashed a storm that covered Arendelle in snow and ice as if it were **winter**.

Anna se tropezó con un recolector de hielo de nombre Kristoff quien aceptó guiarla a la **montaña** para buscar a Elsa.
Anna ran into an ice harvester named Kristoff, who agreed to guide her to the **mountain** so she could find Elsa.

En el camino, conocieron a Olaf, un **muñeco de nieve** que podía caminar y hablar.

Along the way, they met Olaf, a living **snowman** that could walk and talk.

Olaf le recordó a Anna al muñeco de nieve que Elsa había hecho cuando ellas eran **niñas**.

Olaf reminded Anna of the snowman Elsa had made when they were **little girls**.

Pronto, Anna y sus amigos hallaron un castillo hecho de **hielo**.
Soon, Anna and her friends found a castle made of **ice**.

Anna se preguntó si Elsa habría construido el **hermoso** castillo.
Anna wondered if Elsa could have created the **beautiful** castle.

Ellos subieron la montaña para **buscarla**.
They trekked up to it **to find her**.

Dentro del castillo de hielo, Anna encontró a Elsa, quien había cambiado su cabello y su **ropa** con su magia.

Inside the ice castle, Anna found Elsa, who had magically changed her hair and **clothes**.

A Elsa le gustaba ser **libre** de usar sus poderes sin el miedo de lastimar accidentalmente a alguien.

Elsa liked being **free** to use her powers without the fear of accidentally hurting someone.

Anna no quería dejar a Elsa y le suplicó regresar con ella a **casa**.
Anna did not want to leave Elsa and begged her to come **home**.

Elsa se enojó, perdió el control de sus **poderes** y estos alcanzaron a Anna.
As Elsa became upset, she lost control of her **powers** and they struck Anna.

El cabello de Anna comenzó a ponerse **blanco**.
Anna's hair began to turn **white**.

Kristoff sabía que los *trolls* los podrían ayudar, así que llevó a Anna a verlos.
Kristoff knew the trolls would be able to help, so he took Anna to see them.

Grand Pabbie, el líder de los *trolls,* le dijo a Anna que su corazón estaba **congelado**
y lentamente su cuerpo se estaba convirtiendo en hielo.
Grand Pabbie, the leader of the trolls, told Anna her heart was **frozen**
and she was slowly turning into ice.

Él dijo, "Solamente un **acto** de verdadero amor puede descongelar un corazón
congelado."
He said, "Only an **act** of true love can thaw a frozen heart."

Anna creía que su **verdadero amor**, Hans, estaba en Arendelle.
Anna believed her **true love**, Hans, was in Arendelle.

¡Pero Hans también había **buscado** a Elsa!
But Hans had been **looking** for Elsa, too!

Él la atrapó con la ayuda de sus **guardias**.
He captured her with the help of his **guards**.

Ellos la llevaron de regreso a Arendelle y la encerraron en un **calabozo**.
They took her back to Arendelle and locked her in the **dungeon**.

Kristoff y Olaf **llevaron** a Anna de vuelta a Arendelle.
Kristoff and Olaf **brought** Anna back to Arendelle.

Ella encontró a Hans y le pidió **besarla** antes de que ella se convirtiera en hielo.
She found Hans and asked him **to kiss her** before she turned to ice.

Pero Hans **reveló** que no amaba a Anna.
But Hans **revealed** that he did not love Anna at all.

Hans solamente había fingido amar a Anna para poder **gobernar** Arendelle algún día.
Hans had only pretended to love Anna so he could one day **rule** Arendelle.

Cuando Hans la dejó, Anna **se dio cuenta** de que era Kristoff quien la amaba.
As Hans left her, Anna **realized** it had been Kristoff who had loved her all along.

Con la **ayuda** de Olaf, Anna buscó a Kristoff.
With Olaf's **help**, Anna found Kristoff.

Al mismo tiempo, ¡ella encontró a su hermana en un grave **peligro**!
At the same time, she found her sister in grave **danger**!

Anna lloró y **corrió** al lado de Elsa.
Anna cried out and **ran** to Elsa's side.

Justo cuando Anna se puso entre Hans y su **hermana**, todo el cuerpo de Anna se convirtó en hielo.
Just as Anna stepped between Hans and her **sister**, Anna's entire body turned to ice.

La **espada** de Hans se hizo añicos.
Hans's **sword** shattered.

Anna había **salvado** a Elsa.
Anna had **saved** Elsa.

Desesperada, Elsa abrazó a su hermana.
In **despair**, Elsa threw her arms around her sister.

De repente, el cuerpo de Anna comenzó a **descongelarse**.
Suddenly, Anna's body began to **thaw**.

¡Anna había cometido un acto de **amor** verdadero por su hermana!
Anna had committed an act of true **love** for her sister!

Elsa aprendió que el amor era la **clave** de su magia.
Elsa learned that love was the **key** to her magic.

Con la ayuda de Anna, Elsa **descubrió** que no necesitaba temer
sus poderes.
With Anna's help, Elsa **discovered** she did not need to fear her powers.

Ella aprendió a **controlar** su magia con amor.
She learned to **control** her magic with love.

Ella terminó la tormenta de invierno y el **verano** regresó a Arendelle.
She ended the winter storm, and **summer** returned to Arendelle.

Elsa y Anna gobernaron el reino como **hermanas** y mejores amigas.
Elsa and Anna ruled the kingdom as **sisters** and best friends.